Mark Sarg

Die nimmersatte Leiche

Mark Sarg

Die nimmersatte Leiche

Bizarre Kurzgeschichten

Goldene Rakete Verlag für Belletristik

Imprint

Cover image: www.ingimage.com

Publisher:
Goldene Rakete Verlag für Belletristik
is a trademark of
International Book Market Service Ltd., member of OmniScriptum Publishing Group
17 Meldrum Street, Beau Bassin 71504, Mauritius
Printed at: see last page
ISBN: 978-620-0-51938-2

INHALTSVERZEICHNIS

DIE STRAWANZER

„Die Strawanzer sind da!“, rief man stets aufgeregt in Kriechhausen, wenn vom benachbarten Friedhof wieder einmal einige Leichen ihren obligaten Ausflug absolvierten.

Und während die Dorfbewohner zusammenliefen, um das makabre Schauspiel gebannt zu verfolgen, ließen sich die Darsteller wahrlich nie lumpen: Sie drehten ihrem erschauernden Publikum eine lange Nase oder das Hinterteil entgegen oder berührten sich gar „unschicklich“!

„Ob auch ***wir*** eines Tages so werden?“, sorgten sich immer manche Zuschauer.

Was für eine Frage!

DAS GEHEIMNISVOLLE BLUMENBEET

Inmitten des Friedhofs zu Krautgurk prangte auf einem ansonsten unscheinbaren Grabe ein wahrhaft prachtvolles Blumenbeet, welches – stets untadelig gepflegt und instandgehalten – alle Besucher in Erstaunen und Bewunderung versetzte.

Da die Inschrift auf dem Grabstein längst verblichen war und auch die Friedhofsleitung keine Angaben über den geheimnisvollen Inhaber sowie den ebenfalls unbekannten gärtnerischen Betreuer liefern konnte, entschloss man sich schließlich voll brennender Neugier – jedoch unter dem Vorwand, die Inschrift erneuern zu wollen – zur ***Öffnung*** des Grabes.

Indes – der Sarg war ***leer***! Nun war man so klug wie vorher …

DER GEHEIMNISVOLLE ZÖGLING

Überaus geheimnisvoll sprach Lady Hester Grapschnudel immer von einem ***Zögling***, dem sie bei sich zu Hause Sprechunterricht zu erteilen habe.

Erst als dieser offenbar abgeschlossen war, wurde das Rätsel allseits gelüftet: Es war ihr Papagei ***Calgary*** gewesen!

Der ihr nun auch ganz formell einen Heiratsantrag unterbreitete – den sie selbstverständlich voller Rührung akzeptierte.

DER PAPST ALS ORCHIDEE (2)

Immer wenn sich Papst Stockhirn XX. in seinem prächtigsten Ornate im Spiegel betrachtete, konnte er in aller Bescheidenheit nicht umhin, sich als „Orchidee des Herrn“ zu fühlen.

Und immer, wenn er sich unter größtem Widerwillen notgedrungen entkleidet hatte, ***mied*** er panisch jeden Spiegel und betete nur unentwegt:

„***Erspar*** mir meinen Anblick, o gnädiger Gott. Ich opfre dir dafür einige ***Hexen*** flott!“

DER PAPST ALS GÄNSEBLÜMCHEN

„Guck mal, welch niedliches Gänseblümchen!", hörte Papst Tulpenhaupt der Betörende zwei Nonnen vor sich im Traume sagen.

Anstatt sich zu freuen, nun endlich einmal als „Unschuldsexemplar par excellence" gewürdigt zu werden, erwachte er völlig aufgebracht und raufte sich für den Rest der Nacht die ***Haare*** ob einer derartigen Gotteslästerung.

Und entließ gleich am Morgen den Chefkoch des Vatikans, Monsignore Plappino Weinschädel, der ihm offenbar „halluzinogene Substanzen" in die Nahrung gemischt hatte, um ihn außer Gefecht zu setzen.

Dass freilich die beiden „Traumnonnen" gar nicht ***ihn***, sondern ein ***wahrhaftiges*** Gänseblümchen gemeint hatten – wäre für ihn wohl nur eine weitere „Geistesvernebelung" gewesen …

DIE GALOPPIERENDE FRAU

Miss Lily galoppierte zwei Sargträgern hinterher –
denn zu ihrem Verdrusse war der Sarg noch ***leer***!

DER GALOPPIERENDE HERR

Lord Essex galoppierte stets im Mondenschein
– denn nur da waren er und sein Hengst allein!

DIE SPONTANE LEICHE

Mrs. Astrid Sauerrumpf entschloss sich spontan, zu heiraten. Da niemand anderer als ihr Sarg in der Nähe war, erwählte sie ihn zum Bräutigam.

Der war allerdings überzeugter Junggeselle. Außerdem: „Ich hab dich ohnehin den ganzen Tag auf dem Buckel. Was brauch ich dich da noch formell und mit Glockengeläute zu ehelichen?"

Worauf sie spontan erkannte, dass er recht hatte – und sie entschieden einvernehmlich, auch weiterhin ohne Trauschein zusammenzuleben.

Spontan fiel ihr dann zusätzlich am nächsten Morgen ein, dass sie sich dieserart im Falle einer Trennung auch die leidige ***Scheidungsunbill*** ersparten – was sie ihm sogleich stolz mitteilte.

„Na siehste", meinte er versöhnlich, „Du bist ja doch meine Beste und Schlaueste!"

Da gab sie ihm ganz spontan einen herzhaften Kuss.

DAS NICHT STATTFINDENDE EREIGNIS

Hunderte Glocken hörte Maître Déjeuner Brautschurk im Traume überaus ***prächtig*** zu seiner Hochzeit läuten.

Tiefbefriedigt und erleichtert erwachte er.

Denn nun wusste er: Sie würde nie stattfinden!

DER PAPST ALS ZIERFISCH

Wonniglich träumte Papst Windpudel der Charmante von sich als besonders hübschem Zierfisch im göttlichen Ozean – bis ihn plötzlich ein gigantischer Hai verschlang, ohne dass ihm die letzten Sakramente gewährt worden wären!

Zutiefst ernüchtert übergab er am nächsten Tage sein prächtiges Aquarium dem Tierschutz zur weiteren Verwendung.

DER PAPST ALS ZISCHLAUT

Papst Tollhirsch der Kühne ***zischte*** von früh bis spät laut, nur um ***Luzifer*** zu vertreiben.

In Wahrheit aber ***band*** er sich gerade dadurch an ihn – weil dies wie ***Musik*** in seinen Ohren klang …

DER PAPST ALS GICHTKRAUT

Papst Schulkropf der Weise ***schwor*** auf sich selber als höchst wirksames „Kraut“ gegen Gicht, weswegen er sich auch zweimal täglich selbst einnahm – rein spirituell natürlich.

Und tatsächlich blieb er bis zuletzt verschont von diesem Leiden.

Doch endete er zu seinem übergroßen Verdruss – an Magenverschluss.

DER PAPST ALS ZWIRNSFADEN

„Dein Leben hängt an einem Zwirnsfaden!“, drohte Papst Windzupf der Unerbittliche Kardinal Gregorio Blautupf, der in eine Intrige verwickelt war.

„Nett, dass sich Eure Heiligkeit voller Bescheidenheit so zu bezeichnen belieben!“, höhnte der Gemaßregelte indes nur, ohne eine Spur Reue oder Einsicht zu empfinden.

Da übergab ihn sein Gebieter ohne weiteren Pardon der Inquisition.

DIE SATURIERTE LEICHE

„Ich scheine nunmehr ***ausreichend*** saturiert von meinem Zustande!“, stellte die frühere Countess Blanchett Masthirn fest – gab ihren Sarg sowie ihr Grab auf und zog wieder zu ihrer Familie.

Die allerdings mittlerweile gleichfalls verschieden war.

NEUESTE NEUROSEN

„Da sich die Gesellschaft ständig nur mit ihren ***neuesten*** Neurosen – welcher Begriff freilich einen Euphemismus ***ohnegleichen*** für das elende Gegacker in den ‚sozialen' Medien bedeutet – befasst und diese ***breit***tritt, statt die sich immer mehr anhäufenden ***alten*** endlich aufzuarbeiten, steht ernsthaft zu befürchten, dass sie irgendwann vor lauter Neurosen ***platzt***. Wobei natürlich die ‚***allerneuesten***' in Wahrheit bereits wieder ***uralt*** sind, weil sich alles im Kreise zu drehen scheint!"

Soweit Psychiater Dr. Lackmus Springhengst in einem Artikel für die Fachzeitschrift „Neue Neurosen".

Was wäre ***dem*** wohl noch hinzuzufügen?

DIE FRÖSCHE IM BETT

Miss Sibyl entdeckte drei Frösche im Bett
– und fand dies zunächst ***gar*** nicht nett.

Doch dann hoffte sie, dass aus ihnen ***Prinzen*** würden
und ließ sich daher eine gemeinsame Nacht aufbürden.

Am Morgen musste sie aber selber quaken.
Manchmal schlagen Märchen eben Haken!

DER FESCHE SCHWAN

Es traf ein schneidiger Mann
auf einen feschen Schwan.

Die beiden gefielen sich ausnehmend gut
und zogen voreinander sogleich den Hut.

Doch dabei allein sollte es durchaus nicht bleiben:
Sie ließen sich auf dem ***Standesamt*** einschreiben!

DER VERFLUCHTE GELDSEGEN

„Was für ein Geldsegen!“, strahlte Lady Rachel Zischkraut, als sie beim Aufräumen einen Koffer voller Scheine unter dem Bette von Lord Dogson fand.

Nur um auf der Bank dann zu erfahren, dass es ihr ***eigenes*** Vermögen war, welches der Treulose wenige Tage zuvor behoben hatte!

Da verfluchte sie den Gatten nochmals nachträglich: „Wie ***gut*** ich daran tat, ihn gestern zu beseitigen. Jetzt kann er ***lange*** auf seine Beisetzung warten!!“

„LASST LEICHEN SPRECHEN!“

Abgeleitet vom Slogan „Lasst Blumen sprechen“, lautete die Botschaft des „Vereins zur Beziehungsförderung zwischen gegenwärtigen und künftigen Verblichenen“: „Lasst ***Leichen*** sprechen!“

Das Ziel bestand darin, die unnötige Kluft zwischen den Existenzebenen zu verringern oder aufzulockern.

So sollte man durchaus ins Auge fassen, statt des obligaten Blumenstraußes auch mal eine oder natürlich gleich mehrere ***Leichen*** zum Tee bei Freunden mitzubringen – die man dann freilich, sofern sie nicht als Dauergäste erwünscht waren, wieder in ihrem Stammquartier ablieferte.

Was also äußerst vielversprechend begann, entwickelte sich jedoch leider – wie so vieles andere auch – schon bald in eine völlig ***inakzeptable*** Richtung.

Indem sich etwa immer mehr Leute ihrer frisch verstorbenen Angehörigen durch deren Abgabe an beliebigen Adressen „preisgünstig“ entledigten – wobei sich die Beschenkten hinterher mühsam um die Entsorgung kümmern und oftmals auch noch nachweisen mussten, dass es nicht ihre eigenen Verwandten waren!

Wenig überraschend, ist der Verein daher mittlerweile selber sanft entschlafen.

DER SCHMUCKE TEUFEL

Ein Teufel war so schmuck, dass ihm wahrlich ***jede*** Karriere offen gestanden wäre.

Doch er ging – wie könnte es auch anders sein – ausgerechnet in die Politik.

Dort ***litt*** sein Aussehen zwar schon bald ganz erheblich – aber das war ihm der Spaß wert gewesen!

DIE BEDROHLICHEN FINGERNÄGEL

Voll Stolz präsentierte ein durchtriebener Flegel
jedermann seine langen und spitzen Fingernägel.

Und wer sie nicht gebührend zu würdigen wusste,
schleunigst die ***Flucht*** vor ihnen ergreifen musste!

DIE NACHLÄSSIGE

Lord Neville Hinterpudel fand Lady Lorraine nackt und verblichen im Salon.

„Hätte sie sich nicht wenigstens etwas ***anziehen*** können?!", empörte er sich und rief die Bestattung.

DER KUCKUCK UND DIE LEICHE

Ein Kuckuck quartierte sich bei einer Leiche ein,
weil er wollte einfach nicht mehr alleine sein.

Denn unter ***seinesgleichen*** Erfüllung zu finden –
darauf schien längst seine Hoffnung zu schwinden.

Und überraschend wurden die beiden ein glückliches Paar,
was – wie sonst auch – absolut ***nicht*** vorhersehbar war!

DIE SCHWALBE UND DIE LEICHE

Eine Schwalbe und eine Leiche kamen überein,
forthin partout nicht mehr sie ***selber*** zu sein.

Die eine marschiert nun als Soldat,
die andere trägt gar einen Ornat.

Wenn dies auch künftig Schule macht –
dann jedem Freigeist das Herz wild lacht!

DER KRIECHZWERG

Ein ehrgeizbesessener Kriechzwerg
kroch auf einen sehr steilen Berg.

Und als er oben angelangt war,
kroch er wieder hinab sogar!

Um nochmals von vorn zu beginnen,
ohne sich auch nur ***kurz*** zu besinnen.

Wer nun verwundert fragt, wozu dies wohl gut war
– der erkundige sich bei der heiligen ***Sportlerschar***!

DER PAPST ALS ZWETSCHKENRÖSTER

Papst Knautschbirn der Genüssliche röstete leidenschaftlich gerne Zwetschken.

„Beten und Rösten“ lautete denn auch seine heilige Devise.

Da er dabei aber ausdrücklich auf das Rösten von ***Ketzern*** und ***Abtrünnigen*** verzichtete – weil diese ohnehin ungenießbar wären –, hob er sich höchst ***wohltuend*** von seinen Vorgängern ab!

DER PAPST ALS BÜRGERSCHRECK

Papst Frühlingszopf der Prächtige sonnte sich gerne ***nackt*** auf dem Petersplatz, um jedermann vor Augen zu führen, wie „göttlich" er auch ohne seine Amtstracht war.

Da aber erstaunlicherweise nicht nur in der Christenheit Nacktheit bis heute als „teuflisch" gilt – ganz so, als ob der Teufel jemals ***nackt*** herumliefe! –, mieden die Bürger den Platz forthin wie jener angeblich das Weihwasser.

Und weil selbst Touristen – nach einem gierigen Schnappschuss – schleunigst das Weite suchten, fanden sich natürlich bald einige fromme Kardinäle, die dem Spuk nachhaltig ein Ende bereiteten und die „Ehre" Gottes und des Vatikans wieder herstellten …

DER FREKER UND DER KREKER

Ein FREKER (Abk. für *Frecher Kerl*) machte einem KREKER (Abk. für *Kreativer Kerl*) einen Antrag.

Dem fiel trotz seiner immensen Kreativität nichts hierzu ein – weswegen er ihn einfach akzeptierte.

So schließen eben Frechheit und Kreativität keineswegs einander aus!

DER ROKER UND DER FLOKER

Ein ROKER[1] biss einen FLOKER[2] ins Bein
und dachte ernsthaft, er wäre damit ***allein***.

Doch biss ihn der andere ganz flott ***zurück***
– so fanden ***beide*** schließlich ihr Glück!

---

[1] Abk. für *Rotzkerl*
[2] Abk. für *Flotter Kerl*

DER SARGBEISSER

Lord Stradivarius Hinterklemm, der sich partout mit seiner neuen Heimstatt nicht anzufreunden vermochte, vergraulte jeden Sarg – indem er ihn einfach ***biss***.

Bis er schließlich an den Falschen geriet – der ihn kräftig zurückbiss!

„Du bist der ***Richtige***!“, frohlockte er da plötzlich, „Mit dir bleibe ich zusammen!“

Und die beiden wurden ein wahrhaft ***unzertrennliches*** Paar.

DIE NONNE IM ABENDLICHT ODER
DIE HEILIGE SCHWIEGERMUTTER

Stets unterwegs nur im diskreten ***Abendlicht***
war Schwester Lambertina mit einem Wicht,
den sie von der ***Oberin*** adoptierte –
weil die sich für ihn einfach ***genierte***.

Und als er dann endlich größer war,
heiratete sie ihn überglücklich gar.

So ward die Oberin nun heilige Schwiegermutter
– und alles war in heiliger und ***allerbester*** Butter!

DER PAPST ALS QUACKSALBER

„Im Grunde war ich in meinem Amte stets nur der reinste Quacksalber!“, bekannte Papst Wurzelstern der Unerreichte in seinen letzten Atemzügen freimütig Kardinal Morasto Hintergeier, der ihm freudigst die Salbung spendete.

Und ob dieser grandiosen, ***epochalen*** Selbsterkenntnis war er wohl der bis dato ***Einzige***, dem eine Heiligsprechung wahrhaftig zugestanden wäre!

Welche verständlicherweise gerade ***deswegen*** ausblieb.

DER PAPST ALS MONDKALB

„Es mag schon ***bald*** Zeiten geben, in denen man den Heiligen Vater mit gebührendem Mitleid und Verwunderung als ‚***Mondkalb***' titulieren wird!", schrieb der anerkannte Kirchenkritiker Prof. Malizioso Windzopf schon vor einer geraumen Weile.

Er dürfte mit seiner Prognose wohl sicher Recht behalten. Nur was den ***Zeitpunkt*** anlangt – scheint er die Lernfähigkeit und Klugheit der Menschen doch ein wenig ***überschätzt*** zu haben …

DER PAPST ALS MÜLLSACK

„Ich bin doch nicht euer verdammter Müllsack, dass ihr mich ständig mit eurem ekelhaften psychischen Auswurf vollstopft!“, empörte sich Papst Spiegelfleck der Glorreiche immer mal wieder gegenüber seinen Bischöfen und Kardinälen.

Später freilich erfuhr er: Genau ***dies*** war er in der Tat gewesen – und darüber hinaus auch noch für die gesamte ***Christenheit***!

Jedoch: Keiner hatte ihn ***gezwungen***, sein seltsames Amt anzutreten …

DER PAPST ALS GEFRIERBEUTEL

„Sooft du in diesen Beutel schlüpfst, ***gefrierst*** du augenblicklich!“, mokierten sich – gewiss ein wenig despektierlich – all jene Bischöfe und Kardinäle über das eiskalte Naturell von Papst Morastinius den Abgeklärten, die ihm zwecks Erreichung ihrer Ziele immer „hinten hineinkrochen“.

Als Folge dieser Kühle konnte er freilich nach seinem Dahingange einige Tage ***länger*** zur Ergötzung der Schaulustigen aufgebahrt werden.

Das war aber auch schon der ***einzige*** „Vorteil“ …

DIE NONNE UND DER KLOSTERMÖRDER

Was war einer Nonne und einem Klostermörder gemein?
Sie liebten beide einsame Nächte im Mondenschein.

In einer solchen war sie ihm auch einmalig begegnet
– ehe sie ihn ***nach*** der Tat mit ***Vergebung*** gesegnet.

DIE NIMMERSATTE LEICHE

Von früh bis spät inhalierte Mrs. Heather Frühlingssack gierig die wunderbare Friedhofsluft – und konnte gar nicht ***genug*** kriegen davon.

Und als eine Neugeburt anstand, wehrte sie sich zunächst mit ***Vehemenz***.

Willigte dann aber doch ein, als Adoptivkind zweier ***Totengräber*** aufzuwachsen.

DIE UNERFÜLLTE BEZIEHUNG

„Was für ein schmucker Kerl ich nur bin!“, schmachtete Lord Buckley Waldvogel, während er sich im Spiegel bewunderte, „Schade, dass ich mich nicht ***selber*** ehelichen kann!“ Und darbend blieb er bis zuletzt allein.

Im nächsten Leben aber fluchte er: „Was für ein verdammter Idiot ich doch gewesen bin! Ich hätte mich sowieso jederzeit selbst haben können! – Jetzt ***will*** ich mich gar nicht mehr!“ Und er starb abermals „einsam“.

Wie es wohl ***danach*** weiterging?

VERZEIHLICHES MISSGESCHICK

Ein „verzeihliches Missgeschick“ war Baron Pankratius Knutschhirn wohl unterlaufen, als er sich auf ein Lebensabenteuer in der Welt einließ und dabei – wie so viele andere auch, die dies freilich ***nie*** zugeben würden – ernsthaft dachte, bereits ***hier*** unsterblich zu sein.

„Passiert mir sicher nicht noch mal!“, gelobte er sich am Tage seiner gegenteiligen Erfahrung – und ***bleibt*** seither drüben, wo er ***wirklich*** unsterblich ist.

UNVERZEIHLICHES MISSGESCHICK

„Meine Ehe mit dir war in jeder Hinsicht ein unverzeihliches Missgeschick!“, bekannte Hofrat Evelino Krauthengst zu Gattin Amalia, ehe er verschied.

Diese Worte verzieh sie ihm ***wirklich*** nicht – und ließ ihn, so wie er war, im Keller verrotten, wo man ihn erst hundert Jahre später wiederfand.

Erstaunlicherweise zeichnete sich jedoch sogar da noch ein erleichtertes, zufriedenes Grinsen auf seinem Schädel ab …

DIE FRAU IM NACHBARGARTEN

Sir Brandon Schlagschaum sah eine fremde Frau im Garten seines Nachbarn Mr. Benjamin Windloch. Verwundert sprach er sie an – worauf sie ihm nur wortlos ihr Hinterteil entgegenstreckte.

Daraus leitete er ab, dass sie dessen ***Geliebte*** sei – und informierte umgehend Mrs. ***Rose*** Windloch.

Die ihn jedoch sogleich beruhigte: Sie wäre durchaus eingeweiht – denn man hätte sich einvernehmlich zu einer ***Ménage-à-trois*** entschlossen!

HIMMLISCHE LEICHEN

„Was für ***himmlische*** Leichen!“, rief voll ehrfürchtiger Begeisterung der spätere Monsignore Galoppino Vorderrüssel beim ersten Besuch als angehender junger Theologe in den vatikanischen Katakomben.

Am Ende seiner Laufbahn freilich, nach dem mehr als hinreichenden Studium der Kirchengeschichte, war er dann um ***einiges*** klüger.

Hätte er da nämlich ***überhaupt*** noch die päpstlichen Grüfte betreten – wäre ihm bestenfalls der Ausruf „Welch ***teuflische*** Leichen!“ über die Lippen gekommen.

Printed by Books on Demand GmbH, Norderstedt / Germany